*"La tormenta"* (Siglo XIX)
de William-Adolphe Bouguereau (1825 - 1905)

# Habitáculos

PEDRO ESCOBAR

*Habitáculos* es una obra editada por Resonancia Editorial con autorización de su autor.

PEDRO ESCOBAR GÓMEZ
Diseño editorial y de portada
Primera Edición 2023

Obra de portada:
*"La tormenta"* (Siglo XIX)
de William-Adolphe Bouguereau (1825 - 1905)
Royalty Free: Wikimedia Commons

*Center of the Milky Way Galaxy IV Composite*
de NASA/JPL-Caltech/ESA/CXC/STScI
Royalty Free: Wikimedia Commons

Aviso: Ninguna Inteligencia Artificial fue requerida en la elaboración de este libro. Su concepción fue netamente humana.

Impreso y hecho en México

www.resonanciaeditorial.com.mx

# Índice

*Para Georgina,*
*compañera incansable en el camino de la vida*
*y habitáculo de ilusiones y alegrías.*

# No nos falles

Camina de un lado a otro del salón con la emoción a flor de piel, la sangre galopa por sus sienes mientras una sonrisa de satisfacción se le dibuja de oreja a oreja. Han merecido la pena los meses de desgaste, revisando diariamente las encuestas, como quien consulta el pronóstico del clima para saber qué actitud asumir frente a los rivales y cómo dirigirse a las bases de votantes sumidos en la pobreza más indignante. Sus penosos sacrificios se compensan cuando se informan los resultados electorales y la confirmación de su victoria irrevocable y definitiva en los comicios. Tal y como lo pidió, lo han dejado a solas en un cuarto privado de su casa de campaña. El alboroto que se escucha afuera anticipa los años de abundancia y opulentos salarios a costa del dinero público que le esperan a sus incondicionales militantes. Saca de una pila de cajas un flamante par de zapatos y se los calza para estrenarlos, tal y como ha hecho en cada una de las sucias plazas que visitó en campaña. La cábala ha rendido frutos.

Se detiene por un momento frente al espejo, saca de la bolsa de su saco las tarjetas y repasa una vez más las líneas de su discurso. Frente a su reflejo ve la imagen de un hombre pleno, lúcido y lleno de energía. Se acerca un poco más y comprueba con satisfacción que el tinte capilar y el maquillaje disimulan bien sus casi sesenta años.

De pronto golpean la puerta del camerino con fuerza. Es hora de salir a escena. Camina por el sendero que lleva al escenario, se engolosina con las arengas y estruendos de la militancia. Le sorprende no encontrar a su paso a ningún camarógrafo, o algún miembro de su equipo de campaña. La tranquilidad del trayecto le alivia, convencido de que todos aguardan su llegada al estrado, listos y dispuestos para hacerle el paseíllo antes de tomar el micrófono. Por ahora, solo logra escuchar una consigna entre la muchedumbre: *¡No nos falles! ¡No nos falles! ¡No nos falles!*

Con un porte de grandeza parecido al de una estrella de rock, levanta el puño derecho y cruza las gruesas cortinas que lo separan de la turba. Camina triunfante rumbo al pequeño podio en el centro del estrado. Apenas entra en escena, los poderosos reflectores iluminan su rostro y le dificultan llegar al pedestal, protege sus ojos con el cuenco de la mano y con la otra toma el micrófono. El hombre está confundido, y solo atina a decir: *¡Gracias compañeros!* Es ahí cuando se da cuenta que nadie lo ovaciona, los gritos son enérgicos, la arenga, en realidad es una exigencia: *¡No nos falles! ¡No nos falles! ¡No nos falles!*

La sonrisa se borra de sus labios a medida que sus pupilas se adaptan a las condiciones de la luz y reconoce los rostros de los ocupantes de las butacas del enorme auditorio. Con horror, descubre que la mayoría son ancianos con rostro cadavérico y piel grisácea, otros tantos aparentan ser adultos jóvenes con la cabeza y el cuerpo manchados por sangre seca. Todos tienen la misma expresión furiosa y descarnada, la piel seca pegada a los huesos, los ojos hundidos en la comisura del cráneo y la dentadura prominente destacando en sus aterradores rostros. *¡No nos falles! ¡No nos falles! ¡No nos falles!* Las voces espectrales son ensordecedoras, los cientos, tal vez miles de asistentes al mítin se levantan de sus asientos y comienzan a subir torpemente al estrado.

Voltea a ambos lados del escenario en busca de ayuda, pero se descubre rodeado por los monstruosos personajes. Intenta huir, su cuerpo no le obecede, se encuentra petrificado, presa de un horror que paraliza cada uno de sus músculos. Su mente es un torbellino de desesperación en el que destaca una única certeza: Toda esa gente está muerta, sus votos fraudulentos fueron los que le dieron la victoria.

Instantes después, cae al suelo fulminado por un infarto. Listo para gobernar a su tétrica base de votantes.

# La jaula de Bantu

Durante veinticinco años, el mundo de Bantu se limitó a la celda en la que nació y vivió al capricho de los seres humanos. Mucho antes de nacer, ellos decidieron que el propósito de su vida sería entretenerlos dentro de una indignante vitrina de cristal, expuesto a las miradas lascivas y burlonas de los miles de visitantes que durante años, asediaron su minúsculo habitáculo. Siendo apenas una cría, fue trasladado a su celda de diez metros cuadrados, provista con algo de vegetación, un columpio y un par de troncos secos. Desde sus primeros años, el comportamiento de los hombres despertó su curiosidad, le intrigaba la estupidez que derrochaban del otro lado del cristal tratando de llamar su atención, provocándolo para que hiciera algo. Al paso de los años, su existencia se vio desbordada por una insoportable combinación de soledad, tedio y aburrimiento que solo lograba atenuar con la caricia que la luz solar le proporcionaba durante un par de horas. Bantu pasaba gran parte del día tirado de panza sobre el césped, suspirando, con la mirada perdida en las caprichosas formas de las nubes que paseaban libres sobre su cabeza. Algunas veces, señalaba con sus toscos dedos alguna nube que relacionaba con las ardillas o las aves, sus esporádicas compañías durante su encierro eterno.

La conciencia que tenía sobre sí mismo se limitaba a su reflejo sobre el agua. Bantu fue separado de su madre pocas semanas después de nacer, por lo que jamás supo que existían otros gorilas como él. Por eso, cuando encontraba en el cielo una nube similar a su reflejo, gruñía entusiasmado, daba algunos saltitos y giraba sobre si mismo. Añoraba estar allá arriba, moverse a voluntad, desvanecerse y adoptar la forma de un pájaro para volar a lo alto de las lejanas montañas que asomaban sobre los límites de su celda.

Al paso de los años, la alimentación y los suplementos nutricionales que le administraban en la comida le hicieron ganar peso, su espalda se ensanchó y sus brazos desarrollaron una gran musculatura. Al llegar a la edad adulta, era capaz de trepar con agilidad a los troncos secos, triturar con sus afilados colmillos los huesos de las piezas de pollo que le procuraban los cuidadores y lanzar a varios metros de distancia el neumático que tenía como juguete. El negro pelaje que cubría su cuerpo brillaba con destellos azules a la luz del sol. Su belleza era imponente y enigmática, mucho más seductora que la de los aburridos tigres obesos y los ancianos elefantes. Poco sabía Bantu, que su belleza sería la causa de su desgracia.

Su corpulencia hipnotizaba a quienes lo contemplaban desde el exterior. Su imponente figura atraía la mirada morbosa de quienes lo veían deambular de un lado a otro de manera soberbia y enigmática. A menudo, la monotonía de sus movimientos invitaba a los visitantes a imaginar cómo sería su vida en completa libertad, en un entorno que probablemente ya solo existe en los libros de zoología. A pesar de su amenazante apariencia, Bantu no conocía odio, rencor, ni tristeza. Buscaba en su encierro pequeñas dosis de alegría en las cosas sencillas. Una jugosa sandía que trituraba con sus peludas manos para beber su contenido, el canto de las aves por la mañana, el cándido juego al balancearse en su columpio de todas las formas posibles.

En su dormitorio, el cielo era mucho más pequeño, se limitaba al tragaluz por el que a veces entraba algún destello lunar. A través de su trocito de cielo rectagular, miraba con ilusión las estrellas que agitaban su inocente corazón. Una de esas noches, se acurrucó en una esquina para dormirse contemplándolas. Sus pupilas se iluminaron durante algunos minutos hasta que sus párpados se cerraron y se sumergió en un profundo sueño. A los pocos minutos, los veterinarios en turno entraron a su celda y comprobaron que el potente somnífero que horas antes le habían suministrado había cumplido su función. Llevaban varias semanas esperando el momento para llevarlo a un zoológico cercano con la intención de ponerlo en una jaula junto con algunas hembras de su especie para intentar la procreación en cautiverio. Seis hombres fueron necesarios para meterlo en una jaula transportadora, abrir sus fauces, sacarle la lengua y subirlo al camión que lo llevaría fuera de la ciudad. La camioneta salió de madrugada y se enfiló a la autopista conforme al itinerario, pero a pocos kilómetros de la ciudad, Bantu comenzó a inquietarse y a escupir espuma mientras gruñía de forma penosa. Nada pudieron hacer por calmarle, a diferencia de un animal doméstico, jamás entabló un vínculo afectivo de largo plazo con ningún ser humano. No hubo voz que le diera consuelo, no hubo contacto físico que le transmitiera tranquilidad y cobijo.

Justo a medio camino de su destino, se determinó el regreso a las instalaciones del zoológico. A su llegada, se le proporcionó oxígeno y una inyección de adrenalina para estimular su corazón. Su baja oxigenación comprometía su vida, entonces procedieron a entubarlo, causando un innecesario sufrimiento para el animal, cuyo corazón se detuvo minutos después del procedimiento a causa de un torpe cálculo en la dosis de anestésicos.

Lo que ocurrió después fue una indignante muestra de la crueldad humana. Tras su muerte, el cuerpo fue sometido a un despojo carente de toda dignidad hacia un animal cuya existencia se limitó a divertir a los seres humanos. Su pecho fue abierto en canal para extraer sus órganos y preservarlos para su estudio, sus extremidades superiores fueron mutiladas y su osamenta, fue desprendida penosamente del resto de su cuerpo. La torpeza de aquel procedimiento fue documentada en fotos que alguno de los veterinarios compartió en las redes sociales.

El suceso exhibió la ineptitud de las autoridades. Se organizaron protestas ciudadanas, se exigió el deslinde de responsabilidades y una explicación clara y contundente de aquella atrocidad. La sociedad protectora de animales llevó el asunto a los medios de comunicación y tras varios días de escándalo, el director del zoológico decidió despedir a los veterinarios y los cuidadores del gorila. Y después, como suele suceder en estos casos, no ocurrió nada más. La apuesta por el olvido suele ser segura, pero en este caso tuvo un giro inesperado.

La gente comenzó a visitar la jaula vacía de Bantu tras el rumor de que el espectro del animal se manifestaba de forma sobrenatural. Las mismas miradas morbosas e impacientes que semanas atrás le gritaban exigiendo una pirueta o un rugido, ahora se congregaban tras el cristal, esperando ver una sombra o escuchar una misteriosa psicofonía. Hay quienes aseguraban que en las noches de luna llena, podía verse claramente la sombra del gorila deambulando furiosa de un lado a otro, aseguraban haber visto sus ojos llenos de odio mirándolos fijamente desde la profundidad de la celda.

Pero Bantu no podía ser una alma en pena, porque nunca tuvo conciencia del daño que le hicieron. Una vez liberado del maravilloso cuerpo que provocó su desgracia, jamás regresaría a su monótono cautiverio. Volaría libre, hacia las montañas boscosas y desde lo alto de sus árboles, contemplaría para siempre la inmensidad de la cúpula celeste, las formas de las constelaciones y sus estrellas.

Los verdaderos cautivos siguen contemplando a las afueras de la jaula desocupada.

# La cava de los sátiros

Durante un breve periodo de mi vida trabajé como reportera escribiendo reseñas y artículos en la sección de viajes de un periódico de circulación nacional. En aquellos años de formación como escritora, asistí a catas y cenas maridaje en las que escuché infinidad de términos y adjetivos del argot enófilo que nunca entendí muy bien hasta que decidí inscribirme a un curso intensivo de formación como sommelier. Me interesaba dotar a uno de los personajes de la novela en la que estaba trabajando con el lenguaje y conocimiento de un profesional del vino. La idea se había alojado en mi cabeza tras un viaje a España en el que conocí algunas bodegas vinícolas que me parecieron la locación perfecta para situar la trama de una novela negra. Creía conocer las motivaciones y el tono de los protagonistas de mi historia, pero sumergirme en el complejo mundo de la sommelería me hizo percatarme de lo corto de mi conocimiento sobre aquel entorno.

Mis compañeros de curso eran un variopinto grupo de personas provenientes de los más diversos oficios. En nuestras filas se contaba a una abogada, un ingeniero civil, un restaurantero, importadores de vinos, cocineras, camareros, un par de chefs y una redactora con aspiraciones de novelista. Podría decirse que éramos un catálogo de profesionistas aburridos en busca de la emoción de una segunda vocación. A diferencia de mí, muchos de ellos tenían aspiraciones de incorporarse al complejo mundo laboral vinícola.

El curso lo impartía el profesor Sileno, un hombre de origen italiano, de unos sesenta años muy bien llevados y varias décadas a cuestas sirviendo vinos en una veintena de restaurantes alrededor del mundo. Al paso de los meses, sus clases incorporaron a nuestro vocabulario términos sofisticados como *fumé, coupage* o *terroir*, que por desgracia, carecían de uso práctico en cualquier sitio que no fuera una bodega, la cava de un hotel o un restaurante. Memorizar regiones vinícolas alrededor del mundo y entender la diferencia entre una etiqueta marcada con la leyenda *premier cru* de una *village*, fueron un verdadero martirio.

Con sus duras evaluaciones, Sileno nos demostró que no cualquiera puede dedicarse al servicio del vino. Se requiere habilidad, cálculo y destreza para descorchar y servir sin derramar una sola gota sobre los impecables manteles dispuestos en el restaurante que teníamos por aula. En alguna ocasión, el profesor mencionó que durante el curso nos daríamos cuenta de que el vino tiene sus elegidos y al paso de los meses, descubrí con mucha pena que yo no era una de ellas. Ni mi olfato, ni mi paladar, ni mi capacidad para metabolizar la bebida, debido a un par de situaciones clínicas en mi familia estaban a la altura de las del resto de mis compañeros, muchos de ellos más jóvenes que yo. Me dio la impresión de que quienes tenían más futuro eran los chefs y las cocineras, gente con una sensibilidad educada a fuego lento. Envidiaba su dominio del argot y el lenguaje corporal con el que describían de manera tan elocuente, los aromas que percibían cuando metían la nariz dentro de su copa y la forma en que confirmaban con un par de sorbos las sensaciones de acidez y tanicidad que encontraban en boca. Mi naturaleza como escritora, me hizo notar que la mayoría de ellos cataban mejor tras tomar dos o tres copas, la bebida les soltaba la lengua y despabilaba su ingenio.

Pese a mis limitaciones sensoriales, logré completar dignamente las complejas evaluaciones del curso, así como los exámenes de cata y servicio. Para entonces, Sileno nos había puesto al tanto sobre los detalles de nuestra cena de graduación. El banquete se llevaría a cabo en los restos de la Vinícola Orfeo, una antigua bodega familiar a las afueras de la ciudad que los herederos rentaban como salón de bodas. Nos adelantó que tendríamos el privilegio de conocer la cava subterránea de la familia, en la que descorcharíamos un lote de vinos de guarda de alta gama, al que denominaba: "vinos peculiares".

Aquella noche, todo el protocolo se llevó conforme al programa. Uno a uno pasamos al frente para recibir nuestro diploma, un brillante *tastevin* bañado en plata y los aplausos de nuestros compañeros. Tras una copiosa cena que se nos sirvió en uno de los discretos salones de la propiedad, Sileno nos condujo hacía un patio de servicio en el que dos pesadas hojas de metal sobresalían del suelo, como si marcaran la entrada a la bóveda de un tesoro enterrado a cinco metros de profundidad.

La cava subterránea era un espacio rectangular, lo suficientemente amplio y profundo para notar el cambio de temperatura. Una vez abajo, una bella puerta de hierro fundido en la que destacaba la frase *Cava de los Sátiros*, anunciaba la entrada a un espacio fascinante. Los muros, con sus ladrillos descubiertos, garantizaban un clima húmedo, fresco, ideal para la guarda de los cientos de botellas que se apilaban sobre las paredes, como si se trataran de municiones de artillería dispuestas para ser detonadas. Aquel lugar, con su enorme mesa de catas de veinticuatro plazas bien podría pasar como un acogedor búnker si no fuera por una veintena de barricas de vino apiladas unas sobre otras al fondo del salón. Aquel detalle le otorgaba a la *Cava de los Sátiros* la apariencia de un pequeño adoratorio pagano, silencioso, pacífico, impregnado de un discreto olor a vino, el aroma de los placeres mundanos y el perfume de los enófilos.

Sobre la mesa de cata, una batería de botellas formadas en línea esperaba a que entráramos en acción y demostráramos nuestras dotes como sommeliers. Todos estábamos impacientes de descorchar aquellos vinos peculiares, pero no lo hicimos hasta que Sileno nos presentó a la protagonista de la noche: una voluminosa botella *mágnum* que puso sobre la mesa y que nos indicó que catáramos con tiento y moderación, ritualmente, como corresponde al ambiente de una cava privada. A juzgar por su apariencia, se trataba de un botellón con al menos cuatro décadas de guarda, sin etiqueta y con un solo rasgo distintivo: un grabado muy peculiar en el vidrio, similar al rostro de un fauno.

Al principio, comenzamos a catar de forma muy profesional, describíamos vinos redondos, golosos, con permanencia y gran final al tiempo que nuestras mejillas se tornaban rosadas y una sonrisa juguetona aparecía en nuestros rostros. Aquellos vinos peculiares eran maravillosos, complejos, estructurados, definitivamente grandes añadas que hubiera deseado dejar oxigenar, pero los frascos se vaciaban a gran velocidad. Para aquellas horas de la madrugada, la mayoría de los asistentes ya habían cruzado la delgada línea que separa a la prudencia del exceso. A medida que se descorchaban etiquetas más finas y añejas, la animosidad de aquella pequeña cofradía se encendía y la copiosa verborrea y sus estridentes risas destrozaban todo tipo de protocolo. Era como si los efectos festivos de aquellas botellas de primerísima calidad hubieran liberado al dios Baco, y al entrar en su cuerpo, transubstanciado en el vino, tomara posesión de ellos. Yo misma me encontraba al límite de mi resistencia física, arrastraba las palabras y caminaba con dificultad. Sentía que la próxima copa sería la que hundiría mi cerebro en un turbio estado de embriaguez. Pero aún faltaba probar el contenido del misterioso botellón de Sileno.

Debido a la alterada condición de mis colegas, se requirieron al menos tres intentos para sacar el frágil corcho sin romperlo. Tras el descorche, comenzaron a servir las copas y un repentino silencio inundó la sala de catas.

Esa noche probamos muchas bebidas excepcionales, pero aquello no tenía punto de comparación. Era indescriptible, un vino de un rojo profundo, con tonos violáceos, un brebaje que parecía reír cuando se liberaba del encierro y colmaba las copas de las que emanaba una explosión de aromas complejos y un caleidoscopio de sabores inabarcable. Ni siquiera mis compañeros más adelantados encontraron las palabras para describir aquella joya líquida. El efecto de la bebida nos llevó del silencio a la euforia. Ni el más reservado, pudo evitar caer en un estado inconveniente que se manifestaba con una risa irracional que nos llevaba a deambular como abejas risueñas alrededor del enorme envase. Para entonces, las mujeres nos habíamos despojado de los molestos tacones y nuestro cabello suelto parecía un nido de pájaros, los hombres se aflojaban el cuello de la camisa y el cinturón para liberar aliviados la barriga, algunos más, totalmente aturdidos, se frotaban la cabellera hasta dejar a la vista unos prominentes cuernos y orejas parecidas a la de las cabras. Sileno, lejos de poner orden, optó por quitarse los zapatos y los calcetines para dejar al descubierto unas reveladoras patas de cabra que provocaron una sonora carcajada entre los asistentes. A esas alturas, la mayoría de los sommeliers, transformados en sátiros, bailaban alegremente sobre la mesa, destrozándola con las pezuñas de sus patas, otros más, se tornaban agresivos y reventaban furiosos las botellas vacías contra los muros o medían sus fuerzas chocando sus cornamentas como si fueran machos cabríos, el resto de ellos, totalmente aturdidos, tomaban directo del gran botellón que pasaba de mano en mano. La cabeza me daba vueltas, mis sentidos estaban tan alterados, que mi única percepción del tiempo fueron los pocos minutos que tardaron los sátiros en beberse el contenido de la botella. Todavía pude mantenerme en pie lo suficiente para ver cómo los parroquianos comenzaron a caer al suelo víctimas de aquel potente vino que se vengaba de quienes le habían faltado al respeto. Fue entonces que cerré los ojos por un momento, lo suficiente para quedarme profundamente dormida, oculta entre las barricas.

A la mañana siguiente, una jaqueca tan violenta como un martillazo me despertó de forma súbita. Abrí los ojos y la luz me cegó como a un vampiro. Entonces me llevé las manos a la cabeza con desesperación. Fue en ese momento de gran malestar, que entendí que nadie iba a creer mi historia. Mis cuernos, mis hermosos cuernos, habían desaparecido.

# Fanático del jazz

Un loco, un excéntrico, un ermitaño primitivo y un arrogante oscurantista. Todas esas cosas fui para los familiares y amigos que terminé por olvidar, pero que en noches como esta, acuden a mi memoria cobijados por las sombras.

Voy a escribir detrás de la tapa del *Kind of Blue* de Miles Davis, la historia de mi exilio de un mundo que poco a poco se cae a pedazos. Elegí el disco que me dio una identidad y me cambió completamente la noción del mundo, para ilustrar mis pensamientos antes de accionar el botón que marcará mi destino.

Es difícil encontrar las palabras cuando se ha pasado tanto tiempo solo, de modo que comenzaré mi relato presumiendo que, como todo solitario arrogante, tengo el consuelo de decir que yo los abandoné primero. Mi separación, mi abandono de este mundo, comenzó cuando la cultura portátil sepultó el placer de disfrutar la música de forma comunitaria, reduciéndola a una experiencia individual promovida por los aparatos que erradicaron a los discos.

Sin el soporte físico de por medio, la tecnología reinventó la soledad, subordinó a los hombres a los caprichos del reproductor digital y del teléfono móvil, y generó una suerte de depravación musical.

Escribo acerca de la vida en estos tiempos para dejar constancia de que la ausencia de la música en su forma física, fue el detonante de la deshumanización global. De algún modo, supe que encerrar dentro de un aparato cada universo personal no derivaría en un placer sonoro, sino en la más brutal despersonalización de un arte eminentemente colectivo.

Nadie reparó en la relación entre el uso adictivo de los dispositivos y el repunte de la violencia. Alguna vez leí que ciertos receptores del cerebro al servicio de las emociones pueden ser estimulados de forma auditiva provocando reacciones físicas; pero perdí el interés por las noticias de este mundo antes de comprobar mis sospechas de una manipulación perversa.

Salir a la calle para conseguir víveres se volvió una verdadera hazaña, las revueltas han llenado de barricadas las calles, de modo que desde hace unas semanas decidí encerrarme en la parte alta de este edificio avecindado en el centro del infierno, por llamar de algún modo al primer cuadro de la ciudad. El habitáculo donde vivo es un búnker: cuenta con paredes sólidas, un balcón y amplios ventanales que he clausurado para proteger mi anonimato y evitar que una bala perdida venga a persignar mi frente. Este lugar albergó la biblioteca de mi padre, que como toda colección de banquero fue abrumadora, y digo que fue, por que me vi obligado a desalojar una buena parte del acervo para acomodar mi equipo de sonido y mis discos de vinilo. En cierto sentido, el sacrificio de todos esos volúmenes de letras inertes, incapaces de transmitir en cien páginas una pizca de la emoción que sale de la trompeta del viejo Miles, fue un acto de evolución artística.

Este lugar es el santuario de mi religión secreta; la presencia de una estatua de Santa Cecilia (una más de las excentricidades de mi difunto padre) así lo indica. La patrona de los músicos hace de mi refugio una capilla ardiente en la que cada noche se ofrecen conciertos en memoria de los genios caídos.

Como siempre he sido un animal de costumbres, soy fiel a la imperfección analógica de los discos de treinta y tres revoluciones. Los segundos de estática que produce la aguja al impactar las grabaciones de vinilo crean un sonido orgánico ausente en los formatos de grabación digital. Son instantes de magia que emulan la sensualidad de un susurro cerca de la oreja, el trago de saliva antes de una palabra de amor y el crepitar de brazas ardiendo en un fuego fatuo alrededor del cual, los hombres se reúnen para escuchar historias y hermanarse en una celebración tribal.

Los primeros minutos de cualquier disco de jazz me elevan a un estado de éxtasis que me permite superar el temor cuando los gritos y los disparos del exterior se escuchan demasiado cerca. La música convierte a esta pequeña, pero esencial fonoteca, en un reducto de todo lo que amé de este mundo, en un santuario que me pone en contacto con una emoción tan pura, viva, y rebosante de energía, que a veces lamento no poder compartirla con nadie.

Elegí este sitio para estar solo con mis discos, para escapar del caos del mundo y estar en paz con mis pensamientos. Por desgracia, cada armonía, cada *jam*, cada síncopa y cada arreglo de cuerdas se ha contaminado con imágenes mentales de una ciudad que ya no existe, con memorias de la infancia, con la añoranza de conciertos vibrantes y con las alegrías y tristezas de amores que ya no están, pero que forman parte de la nostalgia que acompaña las melodías de mis discos. Ni hablar, uno no elige los recuerdos que se le aparecen. Por eso es importante despedirse terminantemente de los demonios del pasado que tienden a ser bastante rencorosos.

La melancolía me dio la claridad para entender que esconderme no era sino replicar el aislamiento que siempre critiqué, de modo que he decidido abrir las puertas de este templo para iniciar una fogata que convoque a los sobrevivientes a un último réquiem por un mundo muerto. He abierto las ventanas de la habitación recibiendo un aire helado y fresco que ha llenado de vitalidad mi recinto; afuera he podido ver los escombros de una ciudad devastada contrastando con la belleza de un brillante plenilunio. He acomodado los altavoces periféricos en el balcón con el volumen a tope, de modo que cuando encienda la tornamesa, cualquiera que se encuentre en la calle pueda acercarse para disfrutar de *So What*, una de las piezas más hermosa de jazz que jamás se hayan escrito. Nueve minutos y medio de armonía melódica para dar una oportunidad a la música de imponerse a la violencia y abrirse paso, aunque sea de forma efímera, entre la apatía y la indiferencia.

No sé qué sucederá cuando oprima el botón de play y mis dedos dejen caer la aguja sobre el disco, quiero pensar que el enorme riesgo que corro de ser acribillado en este acto de resistencia, hará que los hombres dejen de lado sus odios y se den cuenta que la música está ahí, en lo más profundo de su interior, esperando a ser liberada para ayudar a concebir un mundo nuevo, uno que evite que estas palabras sean mi epitafio

# Calabozos abiertos

Las calles, las florerías, los cafés, los bares y la música en la radio están contaminados con tu presencia.

A donde quiera que voy percibo el aroma de tu cabello y hasta el perfume de la crema antiarrugas que nadie debería saber que te pones por las noches. Los parques por los que caminamos despacito, con el paso pausado de las parejas durante los alegres días del verano, hoy los encuentro teñidos de un melancólico tono marrón, idéntico al color de tus ojos.

Prácticamente es imposible escapar tu recuerdo, evadirlo me resulta cada vez más difícil. Se ha vuelto tramposo y extremadamente hábil para predecir mis movimientos y dejar rastros en mi rutina diaria. Un cabello tuyo en la solapa de mi saco es capaz de descolocarme.

Tu recuerdo me espera con una sonrisa burlona en nuestro restaurante favorito, el que sigo frecuentando porque fue mío antes de compartirlo contigo. Mientras reviso con desgano la carta de alimentos, lo encuentro sentado en la mesa que ocupamos aquella vez que nos embriagamos entre risas y miradas coquetas con una botella y media de malbec argentino. Me saluda con la mano y me pide que lo acompañe en ese sitio donde tantas veces quedé absorto ante tus gestos encantadores y esos ojos alrededor de los que giraba mi universo.

A veces quisiera irme de aquí, mudarme a otro sitio donde nadie me conozca y ser otra persona en otras circunstancias. Pero no soy ingenuo, estoy convencido de que tu recuerdo me seguiría a donde vaya. Se aparecería cuando probara un platillo delicioso y condimentado, como a mí me encanta, entonces me diría que eso no te gustaría, porque odias el ajo. Imagino que ante un paisaje maravilloso, o una puesta de sol encantadora, reclamaría molesto: ¿Por qué nunca vinieron aquí? ¿Lo ves? Sí, eres un egoísta.

Hay quienes dicen que el dolor bien encausado puede brindar alivio. Por eso salgo a trotar la mayoría de las noches tras mi jornada laboral. Someto a mi cuerpo al desgaste físico en busca de una fatiga que me permita dormir profundamente al llegar a casa. Mientras corro, tu recuerdo me mira desde un costado de la pista con los brazos cruzados y esa mirada que me hace recordar los disgustos que pasabas cuando te presionaba para acompañarme. En momentos así, el rencor es el combustible que me motiva a correr a todo pulmón hasta perder el aliento, a dar zancadas largas y echar la espalda hacia adelante para dejarte atrás.

Las noches son el peor momento. Cuando se acaban las labores y me encuentro solo en mi departamento es cuando soy más vulnerable a su crueldad. Me observa, me acecha y me arrincona sigilosamente, como un tigre que espera el momento para saltar sobre su presa. Se abalanza sobre mí y me somete violentamente. Nada puedo hacer, mi mente está cansada y no puedo defenderme, aprieta y me golpea la cabeza una y otra vez, tratando de sacarme la rendición. Me resisto, trato de pensar en otra cosa, pero aprieta más y me grita al oído que me rinda, que tome el teléfono y marque tu número.

Me niego, porque así lo pactamos la noche que lanzamos al olvido nuestra historia y nos retiramos cada quien con su orgullo intacto entre las manos. Me entrego al dolor hasta que mi rival se cansa, o se aburre y me deja en paz. Entonces me quedo dormido por algunas horas, con la mente totalmente fundida, agotada y con un ligero dolor en el pecho.

He aprendido a vivir con él, algunas veces me resulta gracioso encontrarlo subido en la cartelera que anuncia una función de teatro a la que fuimos o balanceándose en el columpio solitario de un parque en una tarde lluviosa. Sé que el tiempo terminará por romper las amarras que me aprisionan al mundo que construimos juntos y que alguna vez habitamos. Poco a poco, tu presencia se desvanecerá y sus visitas serán cada vez más esporádicas. Mientras tanto, acepto la cicatriz que dejaste sobre mí. Esa primera victoria en la lucha diaria contra tu rudo recuerdo.

# Himno generacional

Íbamos a las tiendas de discos a escaparnos del mundo que nos habían asignado. A ponernos los audífonos y escuchar los álbumes que jamás podríamos comprar. Sin pausas, sin interrupciones. Cada portada era la ventana a un destino que ansiábamos conocer y al que se viajaba a través del cable de los auriculares. El botón de play iniciaba el trayecto a través de un caleidoscopio de texturas, armonías y arreglos que emanaban de los instrumentos de músicos, de los cuales creíamos saber todo y que nos recibían con canciones que nos provocaban física y emocionalmente. No importa que no entendiéramos el idioma, estábamos convencidos de que las letras hablaban de cosas que nos pasaban a nosotros. Éramos polizones en un viaje sonoro en clase premier, catadores de placeres auditivos que devorábamos con apetito famélico. Por unos minutos, éramos dueños de placeres que rebasaban nuestra realidad, hasta que un vendedor de piso nos desconectaba de la vida artificial y nos invitaba a colgar los audífonos y largarnos a otro sitio.

# El cuadrante fantasma

El oficio del locutor de madrugada debe ocupar los puestos principales en la lista de profesiones extrañas. De lunes a viernes, de tres a cinco de la mañana me transformo, me despojo de las complicaciones de mi vida diaria y vuelvo a tener 17 años gracias a los efectos alquímicos del rock and roll y los discos que me acompañaron durante mi juventud.

> Como todos los días más o menos a esta hora, *La zona fantasma* se posesiona de esta frecuencia para invocar a los dioses del rock, desde este momento y hasta las cinco de la madrugada. Señoras y señores, con ustedes la voz amistosa de Geddy Lee y sus secuaces Neil Peart y Alex Lifeson, mejor conocidos como Rush les dan la bienvenida con esta maravilla titulada: *The Spirit of the radio*.

El dulce trance termina de manera atropellada cuando suena el teléfono en cabina. A final de cuentas esto es un trabajo y hay que atender a los radioescuchas por muy extraños que sean. Son tan escasos los oyentes de *La zona fantasma* que he llegado a familiarizarme con las voces del otro lado de la línea, de manera que soy yo quien termina construyendo una imagen mental de las personas que llaman al programa.

Casi siempre es una voz masculina la primera en escucharse del otro lado de la línea, tendrá unos cuarenta años y siempre parece estar de mal humor. Llama para comentarme algún detalle sobre la canción que acabo de presentar. Me cuestiona por qué elegí esa y no alguna que según él, vale más la pena. No pierde la oportunidad de corregirme algún dato sobre el grupo y me sugiere mencionar alguna anécdota. Nunca pide una canción, ni un saludo al aire, tampoco le interesa demasiado lo que yo tenga que decirle. Le basta demostrarme que su sapiencia musical es superior a la mía. En la vida siempre hay tipos así, sabelotodos a los que es mejor no verles la cara.

> A esta hora de la madrugada en la que el frío cala con fuerza, el clima se presta para escuchar una de las historias épicas del hijo pródigo de Nueva Jersey y su legendaria agrupación conocida como la E - Street Band. Segundo sencillo de esa obra maestra titulada *Born to run* de 1975, esto es *Tenth Avenue Freeze Out*. Y es palabra de *El Jefe*, gloria a tí señor Bruce.

Cierro el micrófono para disfrutar de mi canción favorita de Bruce Springsteen, me quito los audífonos y justo cuando Bruce comienza a rasgar su guitarra suena otra vez el teléfono en cabina, esta vez escucho la voz de una mujer a la que reconozco inmediatamente porque ha llamado al menos tres veces esta semana. Su voz es nasal y delicada, la imagino de unos treinta años, probablemente sin hijos y terriblemente sola. La charla tiene como pretexto la canción que acabo de poner, pero de pronto toma otro rumbo. Hoy suena más triste que de costumbre, supongo que busca algo de compañía porque comienza a contarme que hace muchos años mantuvo una relación con un periodista norteamericano que tocaba la guitarra en un bar en el centro de la ciudad. Escucho su historia con atención y respondo con monosílabos mientras me dice que las canciones del programa siempre le traen recuerdos, especialmente en noches en las que ha tenido un mal día en el trabajo. No entra en más detalles, me agradece y cuelga justo antes de ponerse llorar. ¿Qué tan solo debe sentirse alguien como para buscar compañía en un locutor a quien no conoce en lo más mínimo?

En noches sin luna como la de hoy, la oscuridad reina y hace inevitable la llegada del príncipe de las tinieblas Ozzy Osbourne y su banda cuyo nombre se traduce en castellano como: bautizo negro. Ellos se manifiestan en este programa con esta aterradora bestia sonora llamada: *Children of the grave.*

Ya sé que no está bien, pero cuando la canción lo amerita disfruto meterme en mi personaje más de la cuenta. Me divierte hacerla de médium y fingir la intención para quien escuche del otro lado imagine que es un espíritu quien le habla. A veces, este tipo de ocurrencias despiertan el retorcido ingenio de los oyentes más desquiciados y no falta quien marque a la estación para practicar sus risas demoniacas con la intención de asustarme.

Nunca imaginé que algo verdaderamente inesperado me podría ocurrir mientras el programa navegaba por las tranquilas aguas de la noche. Algo inusual, que me arrojara a la brutalidad de la vida real en el momento menos oportuno, algo como lo que estaba a punto de ocurrir.

Un sonido de alta frecuencia interrumpe la programación y me altera de forma inmediata. ¡Es la alerta sísmica! El protocolo de emergencia se activa y despierta de forma abrupta a toda la ciudad. La perturbadora voz que anticipa la llegada de un terremoto me altera y entro en un estado de tensión. Me levanto de la silla, tomo mi bastón y busco a tientas la salida de emergencia hasta que un pensamiento irracional me paraliza y detiene mi marcha. Pienso en mis oyentes.

Tras unos segundos, la alarma se detiene y el edificio comienza a moverse de un lado a otro. El miedo a lo desconocido es algo habitual para nosotros los ciegos, pero esta vez la emergencia me sobrepasa. La estación vuelve al aire. Ya es tarde para llegar a la calle, escucho que los discos caen al suelo y el edificio comienza a sacudirse violentamente cuando abro nuevamente el micrófono. Alcanzo a decir una sola cosa antes que la estática devore la señal radiofónica:

Gracias por escuchar.

# El dolor de los otros

El dolor es el combustible que pone en movimiento a los hospitales. Esos edificios que todo mundo evita a lo largo de su vida, pero en los que quieren entrar con desesperación en momentos de desdicha. El sufrimiento fluye por sus quirófanos y salas de urgencia, ahí el movimiento es perpetuo día y noche. Nuestra función es atenuarlo y en ocasiones sustituir una molestia insoportable con otra más tolerable a partir de fármacos, analgésicos, férulas, clavos, prótesis y vendajes. La dura capa de insensibilidad que cubre a quienes trabajamos en los sanatorios es resultado de la convivencia diaria con los traumas que atendemos y que de alguna forma, hace posible que pensemos con claridad mientras trabajamos sin sentimiento de por medio.

Sospechamos que algo serio debía pasar afuera cuando escasearon los gritos y abundaron las camas vacías en los diferentes pisos. Hasta los quejidos que acompañan las áreas de triage y observación descendieron considerablemente. La calma, en lugares como este, suele ser alarmante para quienes trabajamos en turnos de 48 horas.

Los anestesistas y los cirujanos, tan escasos en otras circunstancias, abundaban en los pasillos, platicando absortos en medio de la incertidumbre. Los dietistas se enfrentaron al dilema sobre qué hacer con las decenas de colaciones que se acumulaban y que nadie iba a consumir. Las enfermeras comenzaron a recorrer los pasillos arrastrando sus carritos con sueros, medicamentos y curaciones mientras los internistas recorrían los accesos esperando en vano la llegada de alguna ambulancia. En algún momento, los médicos comenzamos a pelearnos por los escasos pacientes que ya estaban dentro del hospital.

Afuera, la vida seguía su curso normal. La política, el deporte, los espectáculos, todo transcurría con cotidianidad. Contra toda lógica, en las últimas horas no se tenía registro de accidentes automovilísticos graves, no llegaban deportistas lesionados, niños con frentes que suturar ni ancianos con sospecha de fractura. Leí en mi teléfono una nota en la que se reportó que aquel día fue el de menos nacimientos y decesos en los registros de todo el sistema hospitalario en varias décadas. Salvo nosotros, nadie parecía darle importancia a lo que pasaba y mucho menos, investigar por qué todo mundo estaba tan bien.

Esa insólita calma, en una ciudad con más de 20 millones de habitantes era insoportable. Nuestro caso no fue el único, varios hospitales de la ciudad se encontraban con una disponibilidad tan amplia, que muchos comenzamos a cuestionarnos si nuestro oficio seguía siendo esencial.

Y luego, llegó la noche y un silencio que inspiraba terror en un edificio de doce pisos absolutamente desierto, lleno de camas perfectamente tendidas, laboratorios sin ninguna muestra pendiente que analizar, cuartos sépticos totalmente aseados y salas de espera desoladas sin ningún familiar deambulando de un lado a otro como fantasma. Era una noche que se desdoblaba de manera infinita, densa, desesperante.

Los noctámbulos de hospital somos seres atípicos, combatimos el sueño velando malestares y atendiendo urgencias. Sin enfermos que curar, la noche se mueve lento y dura tanto como en las regiones árticas. Pese a que apenas había transcurrido un día desde el inicio del incidente, muchos de nosotros pasamos de la incredulidad a la angustia. Algunas enfermeras comenzaron a llorar, mirando su teléfono totalmente confundidas, los camilleros combatían el aburrimiento con carreras de sillas de ruedas por los pasillos. Hasta los jefes de piso perdieron la ética y jugaban a los dardos con escalpelos y bisturís que lanzaban sobre un póster del plato del buen comer.

Aquella, fue la noche más larga y angustiante de mi vida. Miraba el reloj de forma obsesiva, pero el tiempo parecía atascado de forma irreversible. Entre la gente de hospital, el ocio nocturno puede llegar a ser muy peligroso. Así lo comprobamos cuando una riña en la oficina de servicio social se convirtió en un mar de gritos, chillidos y sangre regada en el piso. Un escalpelo pésimamente lanzado por un radiólogo hizo blanco en el cuello de un internista. El caos resonó con fuerza al interior del solitario hospital.

Fue entonces cuando se escuchó la primera de varias ambulancias que llegarían antes del amanecer a la sala de urgencias. El mecanismo se había restaurado y pronto todo volvió a la normalidad. Nuestra caótica normalidad.

# Yo soy la mar

Durante varias noches no hizo otra cosa que tocar acordes de blues y mirar la línea del horizonte sobre la que asomaban las estrellas. El barco navegaba contra la corriente, avanzando tan despacio que era difícil percibir la distancia recorrida. La inmensidad del mar provocó en el joven una mezcla de miedo e impaciencia que desahogaba a través de su instrumento.

Jaime se embarcó los primeros días de junio de 1970 a bordo del *Marsberg*, un barco comercial de bandera alemana que permitía a los jovenes viajeros desquitar su pasaje trabajando a bordo. Emprendió el viaje trasatlántico desde el puerto mexicano de Veracruz rumbo al muelle de Cadiz, en España, con la emoción y rebeldía que caracterizan a un joven de 18 años que se cree dueño del mundo y necesita conocer lo que hay más allá de las fronteras de su patria. Añoraba la aventura, poner distancia entre él y su natal Matamoros. Pero sobre todo, necesitaba ver la vida desde otra perspectiva y experimentar cosas que pudiera transformar en canciones. La música, el lenguaje universal de los hombres, lo puso en contacto con un joven español, quien se acercó atraído por la escala pentatónica de su guitarra. Se llamaba José y poseía una prodigiosa voz flamenca que armonizaba con la guitarra mexicana de Jaime en versiones alucinantes de *Canción Mixteca* o *Granada*. Una noche, José cantó algunos versos de *El poema de la siguiriya gitana* de García Lorca y el mexicano improvisó acordes de guitarra clásica y sones huastecos, la mezcla de culturas dio origen a una música mestiza tan alucinante que provocó los aplausos de los marineros que tuvieron la fortuna de escucharlos.

José era un muchacho extrovertido, tenía la costumbre de pasar los veranos haciendo trabajos físicos en los barcos que pasaban por Cadiz. Su afición era el canto, pero su verdadero sueño era convertirse en un gran torero para ganar la fama y fortuna que tanto anhelaba.

—Si te apetece, puedes llamarme Camarón. Así me conocen en la Isla de San Fernando —le dijo una noche mientras compartían cigarros mexicanos y una botella de vodka que les regaló un marinero. Algo despertó en el corazón de Jaime al escucharlo cantar, una emoción tan conmovedora, que se sintió obligado a convencerlo de aprovechar su talento.

—Compa, en mi tierra tenemos un dicho: *Camarón que se duerme, se lo lleva la corriente* ¿Qué le haces a la toreada teniendo ese chorro de voz? Lo tuyo, lo tuyo, es la cantada.

—Debe ser porque soy gitano, canto desde mozo y se me da bien. Pero para que te lo sepas, chaval, yo lo que necesito es plata. ¿Alguna vez haz conocido a un mariachi que tenga tanta pasta como Manolete? Pues, ahí tienes.

La decisión del chico no le sorprendió. Pero insistió, haciendo fama de su talento para contar historias.

—Mira compa, esta guitarra no es como cualquier otra, es de Paracho. En ese pueblito, se hacen las mejores de México y cuenta la leyenda que algunos maestros lauderos tienen poderes místicos y fabrican instrumentos con árboles sagrados del bosque purépecha. Por eso nacen con alma y suenan diferente cuando sienten que alguien tiene el "don" y te juro por mi madre que cuando tocamos juntos, mi guitarra suena más afinada que nunca. —Jaime habló con tal determinación, que José tomó por ciertas sus historias. Él no lo sabía, pero como muchos gitanos, Camarón era terriblemente supersticioso.

Al paso de los días, el cielo comenzó a cerrarse y un fuerte viento provocó grandes olas que comenzaron a golpear con intensidad los costados del barco. La tormenta se desató un lunes por la tarde, pero desde el día anterior, se ordenó a los pasajeros ponerse a resguardo en sus dormitorios. Jaime supo que la cosa pintaba mal cuando los objetos de las literas donde dormía comenzaron a volar de un lado a otro. De pronto, una sensación de ansiedad le recorrió el cuerpo. Recordó que la noche anterior había dejado su guitarra dentro de uno de los botes salvavidas colgados en los flancos del barco. Con muchos esfuerzos logró recorrer los pasillos que separaban la escalera que daba acceso a la cubierta. La puerta metálica que evitaba que el agua entrara a la zona de camarotes le pareció más pesada que nunca y apenas pudo abrirla sintió un latigazo de agua y viento sobre la cara. Cuando abrió los ojos, el panorama que vio en el horizonte lo dejó sin aliento; colosales montañas de agua en movimiento y relámpagos atronadores iluminaban la penumbra en la que avanzaba el barco. Hasta ese momento, Jaime no había conocido la fuerza del mar y su capacidad de aplastar el orgullo del hombre más valiente.

La embarcación soportaba de forma estóica el impacto contra los colosales muros de agua, que golpeaban el casco como si fueran rocas. Después de una gran estampida, el barco se sacudía hacia arriba y luego descendia sobre la ola esperando el siguiente encontronazo.

—¡Joder! ¡Este es el mar que ahoga ídolos!— le gritó Camarón, que se encontraba aferrado al poste sobre el que estaba asegurada la lancha salvavidas.

—¡Te vas a ahogar! —gritó Jaime al ver cómo su amigo trataba de subir al diminuto bote que se sacudía violentamente con cada embate del mar.

—¡La guitarra! ¡Tu lo haz dicho, es única! —respondió alarmado, ignorando el peligro inminente de caer al agua.

Camarón se arrastró al interior del bote para rescatar el instrumento. Jaime quizo regresar al interior a buscar ayuda, pero descubrió con terror que la pesada puerta de metal se había cerrado por dentro. En ese momento conoció la furia del mar cuando se empeña en devorar un barco en medio de una tormenta.

Gritó por ayuda con la esperanza de que algún marino lo escuchara, pero nadie acudió a su llamado,

—¡Déjalo ya! ¡Podemos conseguir otra! ¡En Paracho hay un chingo! —gritó el mexicano desesperado.

Después de vencer con éxito una fuerte ola, el *Marsberg* chocaba contra otra mucho más violenta. Como si se tratara de un juego siniestro, el mar se alejaba en silencio, solo para regresar con fuerza renovada y chocar contra el casco de la embarcación.

—*¡Herr Lopez! ¡Kann nicht in sein Bootsdeck!* —le gritó uno de los marinos que lo tomó por los hombros y lo empujó al interior del barco justo cuando una gigantesca ola, mucho mayor a las anteriores, golpeó violentamente inundando la cubierta y lanzando al bote salvavidas y su tripulante a las fauces del mar embravecido.

El silencio dominó el barco los días posteriores al accidente. Se emitió una llamada de auxilio y apenas mejoró el clima, se realizó una intensa búsqueda en altamar en el perímetro donde el joven náufrago había desaparecido. Tras cinco días sin rastros de vida, se declaró a José Monge Cruz muerto en altamar. Nadie preguntó por él cuando el *Marsberg* atracó en Cadiz tras resistir los remanentes del huracán Celia en el Océano Atlántico. Para Jaime, lo vivido en ese viaje sería una anécdota reprimida que tardaría algunos años en desahogar.

Siete años después, Jaime López ofreció un concierto en la Ciudad de México junto a los músicos Roberto González y Emilia Almazán. Al finalizar el show, se reunieron en la casa de Emilia para escuchar los discos que Roberto había recibido por correo desde España. El joven extendió sobre la mesa ejemplares tremendamente difíciles de encontrar en México en 1977

—¡Hay grupos que están hiciendo cosas loquísimas en España —comentó emocionado.

Entre los discos de Máquina, Triana y Joan Manuel Serrát apareció una foto que le resultó tremendamente familar a Jaime. Se quedó sin palabras cuando reconoció al personaje que siete años antes había visto en altamar, con un cigarro en la boca y con la luna llena de fondo.

No había duda, era el *Camarón de la Isla* y *La leyenda del tiempo*.

# El hermano Paulo

Desde niño fui bueno para mentir. Mis primeras víctimas fueron las ingenuas maestras que cayeron redonditas en las patrañas con las que justificaba mis retardos o no entregar la tarea a tiempo. No es casual que la vida me llevara a triunfar en el mundo de la publicidad. Desde mi posición como director creativo podía vender cualquier cosa a costa de mentiras bien contadas. Mis campañas hacían que la comida chatarra a la que nuestros clientes llamaban pastelitos, se vendiera con gran velocidad. Fueron años de bonanza, lujos y excesos, pero el frívolo mundo de las agencias de publicidad comenzaba a incomodarme, me inquietaba la envidia de mis colegas, siempre dispuestos a apuñalarse por la espalda con tal de colgarse los premios de una campaña exitosa.

Con mi talento podría haber triunfado en muchas otras profesiones, bien pude haber llegado a ser diputado. Pero entre esa gentuza ganaría enemigos mucho peores que los que ya me acechaban. Por eso, cuando uno de los socios de la agencia me recomendó para ocupar el puesto de director de comunicación en la

Iglesia Apologista Holandesa no dudé en acudir a una entrevista. Seguramente, alguien en la agencia trataba de deshacerse de mí, porque a los pocos días, recibí la llamada en la que se me dio la bienvenida. La gente de la iglesia buscaba líderes con poder de convencimiento, la vocación religiosa era solo un extra. El jugoso sueldo que me ofrecieron compensó la molestia de bautizarme y volverme pastor de una congregación.

Luego de un cambio de look coherente al bajo perfil de mi nuevo empleo, salí de mi México con rumbo a una misión pastoral recién estrenada en Cundinamarca, Colombia, desde donde despacharía para evadir impuestos. Mis labores en el templo me requerían básicamente lo mismo que en la agencia de publicidad: Crear comerciales y materiales de comunicación con la finalidad de agigantar necesidades, vender soluciones y emitir juicios de valor bajo la incuestionable autoridad del pastor al que ninguna oveja plebeya se atreve a cuestionar. Por desgracia, muy pronto entendí que la gente no siempre acude a las congregaciones para cerrar negocios y comprar tranquilidad. Los templos evangélicos están repletos de personas desesperadas, gente sin empleo y deudas impagables, gente con vicios terribles y familiares enfermos que continuamente se preguntan: ¿por qué nos castiga dios? En otras circunstancias no me hubiera importado despojar a esa gente de sus ahorros. Pero ellos tenían una fe ciega en mí y en lo que les prometía. Vamos, no es que me molestara la posición de poder que gozaba, pero de eso a que me besaran la mano había una gran diferencia.

Al paso de los meses, las desgracias diarias de quienes integraban mi congregación comenzaron a afectarme. Hubo días en que quise mezclarme entre ellos y llorar mis propias penas. En el pasado había hecho cosas terribles por dinero, pero profanar con mis mentiras las ilusiones de la gente era un exceso. Por desgracia, salir de los evangélicos es tan difícil como escapar de la mafia rusa.

Estaba desesperado por huir de Colombia, cualquier cosa valía y mi ruta de escape se manifestó de la manera más ridícula mientras miraba algo en internet. Un reality show llamado *Calling Zion* llamó mi atención, se trataba de un absurdo concurso de oratoria entre pastores, en el que cada semana, la gente decidía a través de su voto, qué promotor religioso contaba con los argumentos más convincentes para acceder al millón de euros que los patrocinadores ofrecían para la construcción de un centro de beneficencia que sería administrado por la secta religiosa ganadora. Me puse en contacto con el alto mando en Ámsterdam y después de varios días de insistencia los convencí para que me inscribieran, bajo el entendido de que yo cubriría los gasto de viaje a Miami y que si ganaba, los fondos se destinarían a los orfanatos que la iglesia manejaba en Venezuela, y que por supuesto, nadie conocía. El dinero me daba igual, mi estrategia era salirme de ese mundo de cargos de conciencia sin importar lo absurdo o humillante de los métodos. Supuse que si me eliminaban en la primera ronda sería despedido inmediatamente. Fue así que viajé a Miami, la ciudad donde se grababan los programas que luego se transmitían a todo el mundo en tiempo real. Ahí conocí al protagonista de esta historia: Paulo Flavio Veloso, mejor conocido en el jet set religioso como "El hermano Paulo". El tipo aparentaba unos 50 años bien llevados, vestía un impecable traje negro que combinaba con su peinado engominado de ejecutivo de alto nivel, Rolex dorado a la muñeca y esa inconfundible expresión escrutinadora que tienen los traidores. Sin lugar a dudas, el candidato favorito de Dios para ganar el reality. ¿Cuanto vale la esperanza? ¿En que divisa se cotiza la salud? ¿A cómo amaneció el tipo de cambio de la tranquilidad espiritual? Todas esas preguntas tenían respuesta en los templos de "La iglesia de la Luz Universal" en donde Paulo y otros pastores convocaban a sus adeptos a poner en alto el billete de mayor denominación que trajeran consigo para bendecirlo y colocarlo en los canastitos de diezmo que pasaban de mano en mano. La iglesia de la Luz Universal era una alcancía de salvación contante y sonante. La secta con sede en Río de Janeiro tenía templos en más de veinte países y contaba con un par de periódicos, varias revistas, un canal de televisión, estaciones de radio y su propio partido político financiado por las aportaciones "voluntarias" de sus millones de fieles. Comparados con él, los otros concursantes éramos unos inocentes monaguillos.

Durante sus transmisiones *Calling for Zion* proyectaba documentales y testimonios conmovedores que destacaban la labor social de cada competidor. Por desgracia, al paso de las emisiones la contienda se hizo tan cerrada, que los participantes se limitaban a presumir los milagros de su fe olvidando sus propuestas para el proyecto de beneficencia. De esa forma, los menos "milagrosos" fueron eliminados para desconsuelo de sus seguidores. Muy pronto, las disputas entre los porristas que asistían como público a las grabaciones fueron similares a las de las barras de animadores de los estadios de fútbol.

Me sorprendía que no me hubieran sacado en las primeras emisiones. Mientras más ridículos eran mis dichos, más popular me volvía entre la audiencia. Le daba la vuelta al tema de las sanaciones con versiones ajustadas a mi conveniencia del milagro del sordomudo de Sidón: El relato del hombre al que Jesús destrabó la lengua y destapó los oídos bajo la consigna de nunca hablar del prodigio.

Por desgracia, el talento de Paulo estaba a años luz del mío. El tipo era un manipulador nato y no dudaba en aprovechar sus habilidades en contra de sus rivales. *"Dejen de lado, los alegatos de charlatanes mediocres que ofrecen milagros intangibles, yo les ofrezco la luz de la salvación"*. Los agarrones se convirtieron en tendencia en redes sociales, las reproducciones se contaban por millones en los servicios de streaming. El fenómeno mediático provocó que el mismo día de la final, los guionistas dieran un giro inesperado a las reglas del concurso para exprimir el morbo de los espectadores, fue así que decidieron presentar, por primera vez en la historia: el primer milagro documentado en tiempo real. Los productores eligieron un caso imposible. Se trataba de Jesús, un ex militar de 33 años, que destacó como atleta de alto rendimiento y que frustró sus sueños cuando un policía ebrio lo atropelló y le destrozó las vértebras mientras paseaba en bicicleta, apenas unos meses antes de viajar a los Juegos Olímpicos. Los finalistas, entre los que sorpresivamente me colé, no solo enfrentamos el imposible reto de hacerlo caminar, sino también de llevar al buen camino a un hombre totalmente ateo y sordomudo de nacimiento. Aquello se volvió un escándalo absolutamente denigrante y patético. Sin duda, los ingredientes perfectos para un reality show exitoso

Por primera vez en mucho tiempo no supe qué más inventar para sostener la cuartada de mi personaje. Horas antes del show me encerré en mi camerino para preparar mi confesión. Llevaba tanto tiempo mintiendo que redactar un par de líneas sinceras para confesar frente a las cámaras que era un embustero profesional, me resultó dificilísimo. En esas estaba cuando el floor manager me llamó a escena. Esa noche, cientos de técnicos y tramoyistas convirtieron el estudio en un camposanto electrónico lleno de reflectores, luces de colores y cruces de neón iluminadas. La final soñada en la que competirían evangélicos, testigos del mesías, adoradores de la santa muerte y apologistas holandeses registró niveles de audiencia similares a los del Superbowl. Para no desentonar con el majestuoso set, Paulo se esmeró en lucir un costoso atuendo equivalente a miles de donaciones "voluntarias". Más que un ministro de culto, el muy cabrón parecía una versión espiritual del Agente 007.

Después de una breve rúbrica, el presentador anunció que el primero en tomar la palabra sería Paulo. Los tres concursantes restantes suspiramos aliviados mientras el brasileño saltaba al centro del foro, decidido a ganar por knock out técnico el campeonato mundial de los charlatanes. Con un guiño hizo traer a Juan, quien fue llevado ante él en una deslumbrante silla de ruedas. Luego, ordenó apagar las luces y bajo la luz de un único reflector, que lo hacía ver como todo un iluminado, comenzó a predicar moviendo frenéticamente los brazos. Su actuación fue tan apasionada que varios de sus porristas simularon entrar en trance junto con él.

— ¡Qué se escuché fuerte y claro hermanos míos! ¡Millones de almas tienen su fe puesta en este hombre para contemplar un milagro! —comentó emocionado.

Paulo tomó por la cabeza al hombre, y exclamó en su deficiente español con acento portugués:

— Seamos testigos de la luz redentora que sana dolencias físicas y espirituales. ¡Esta noche este hombre volverá a andar!

La convicción con la que parloteaba hizo que Jesús, totalmente fuera de sí, mirara fijamente hacia arriba, agitando sus brazos y gruñó algo que nadie entendió. Los asistentes estaban totalmente asombrados.

— ¡Esta alma desdichada sanará su columna rota y se pondrá de pie! ¡Hermanos que nos ven en todo el mundo, eleven una alabanza para que este hombre sane!

Contra todo pronóstico, Jesús logró levantarse unos segundos para luego desplamarse otra vez sobre la silla totalmente fatigado. Vociferaba con desesperación, agitado. En ese momento, la luz que iluminaba a ambos comenzó a tintinear, como si estuviera temblando.

— ¡Padre, tuyo es el poder y la gloria para hacer que este hombre se levante! Invocamos a tu infinita bondad y…

El hermano Paulo no pudo terminar la frase, un ruido parecido al de una explosión resonó en el estudio antes de que lo envolviera la penumbra. Se desató el caos, hubo gritos, gente corriendo a traspié por el foro completamente a oscuras. Tras algunos segundos, que parecieron horas, el estudio volvió a iluminarse. Millones de espectadores que siguieron el show por streaming contemplaron la aplastante victoria del hermano Paulo.

Su forma física quedó en el suelo, debajo de un pesado reflector que le cayó encima buscando salvar el alma de una oveja descarriada que ahora lo acompaña en el otro mundo.

Fue así que el mundo vio surgir al primer mártir documentado en tiempo real.

# Acerca del autor

**PEDRO ESCOBAR** (Ciudad de México, 1977).
Es diseñador, guionista y compilador de las antologías
de cuentos: *Encore: cuentos inspirados en el rock mexicano*
(2015), *Encore: Trasatlántico* (2017) y *Gracias por escuchar*
(2019). Es autor del libro *Los Buenos Vinos en la historia* (2019) con el que resultó ganador en los premios
Gourmand Awards 2020 en la categoría W-3 Wine
History y de *Los Buenos Vinos en la historia II* (2021) que
fue reconocido en los Gourmand Awards 2023 en la
categoría W-3-4 Wine Writing.
Fue beneficiario de la beca Edmundo Valadés del Fondo Nacional para la Cultura y las Artes y es el creador
del sello editorial independiente Resonancia Editorial.

# Habitáculos

PEDRO ESCOBAR

Made in the USA
Columbia, SC
19 September 2023

23052901R00038